· 小柏拉图的哲学故事 ·

小柏拉图和魔法指环

[意] 埃米利亚诺·迪·马可　著　　[意] 马西莫·巴奇尼　绘

陈婉霓　虞奕聪　译

海豚出版社
DOLPHIN BOOKS
CIPG　中国国际出版集团

图书在版编目（CIP）数据

　　小柏拉图的哲学故事.小柏拉图和魔法指环 / (意)
埃米利亚诺·迪·马可著;(意)马西莫·巴奇尼绘;
陈婉霓,虞奕聪译.-- 北京：海豚出版社,2021.3
　　ISBN 978-7-5110-5147-9

　　Ⅰ.①小… Ⅱ.①埃… ②马… ③陈… ④虞… Ⅲ.
①儿童故事 – 图画故事 – 意大利 – 现代 Ⅳ.①I546.85

　　中国版本图书馆CIP数据核字(2020)第263427号

著作权合同登记号：图字01-2020-7159

Original title：
Texts by Emiliano Di Marco
Illustrations by Massimo Bacchini
Copyright © (year of the original publication) La Nuova Frontiera
The Simplified Chinese is published in arrangement through Niu Niu Culture.

小柏拉图的哲学故事　小柏拉图和魔法指环

［意］埃米利亚诺·迪·马可 著　　［意］马西莫·巴奇尼 绘　陈婉霓　虞奕聪 译

出 版 人	王　磊
策　　划	田鑫鑫
责任编辑	张　镛
装帧设计	杨西霞
责任印制	于浩杰　蔡　丽
法律顾问	中咨律师事务所　殷斌律师
出　　版	海豚出版社
地　　址	北京市西城区百万庄大街24号
邮　　编	100037
电　　话	010-68325006（销售）　010-68996147（总编室）
印　　刷	北京金特印刷有限责任公司
经　　销	新华书店及网络书店
开　　本	680mm×960mm　1/16
印　　张	24（全八册）
字　　数	322千字（全八册）
印　　数	5000
版　　次	2021年3月第1版　2021年3月第1次印刷
标准书号	ISBN 978-7-5110-5147-9
定　　价	158.00元（全八册）

著　者：埃米利亚诺·迪·马可

他出生在意大利的托斯卡纳，说话也是托斯卡纳口音；他既是哲学方面的专家，又是佛罗伦萨大牛排的专家。从小，他就常给大人们写故事；现在，他长大了，决定给小朋友们也写一些故事。

插画师：马西莫·巴奇尼

他兴趣广泛，有许多爱好，比如写作、画画、登山、潜水。在艺术和创作上，他和没那么爱运动的埃米利亚诺·迪·马可是合作多年的伙伴。这是他第一次给儿童读物画插图。我们希望他能继续画下去，因为他的画非常棒！

那是一个漆黑的暴风雨夜晚。恶风呼呼地狂吹，吹得月亮前的乌云直跑，吹得林间的树枝疯了似的猛摇。总之，在这样的夜晚，就该老老实实待在家里，待在被窝里，尤其是在古希腊那个名为阿卡迪亚的地方。

那里有最可怕的妖魔鬼怪和灵异怪事，灾难祸害频频发生，更别提远近闻名的狼群了，那种鬼天气，正好是狼群出没的绝妙时机。然而，就有两个不怕死的，戴着风帽，提着灯笼，在树林里打转。空中的闪电，不时将他们的轮廓照亮。灯笼微弱的光，把悲伤的树影投在地上。眼看一场大暴雨就要来临了。这两人其中一个叫萨佩冬的，背着一个沉重的包袱，说道："主人啊，您真的确定，这样走下去是个好主意吗？"

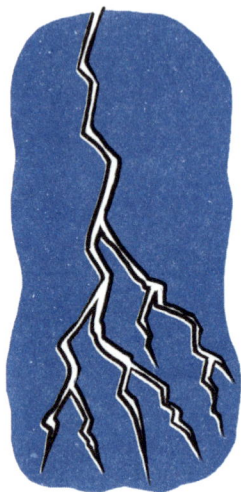

另一个人叫格劳孔，他不耐烦地回答："胆小鬼！那你现在有勇气走回去吗？"

"没有，主人。问题是，我也没有勇气往前走。"格劳孔听了，举起棍子就将他一顿打。

"蠢货！如果我们走的路线是对的，现在离魔法指环一定很近了。难道你是说我错了吗？"

"不，主人，您一直都是对的。不过……我们离魔法指环近了，离暖和的被窝却远了。"萨佩冬话还没说完，又挨了一棍子。

"你真是没救了。我们马上就要成为世界上最有权力的人了，你难道不知道吗？"

"现在，

我只知道很冷，而且

肩上的包袱很沉，"仆人想这样回嘴，

但是他已经被打了两次，为了避免被打第三次，

他把话咽了回去，改口回答道，"我是为您着想，

这样下去，您可是要感冒的呀。"

"只要能拥有至高无上的权力，感冒又算得了什么？既然你还有闲心说话，那么从现在开始，所有的行李都给你拿吧……"

"主人，这不是我一直在做的事吗？……"

"你还顶嘴！罚你单腿跳。"

"该死！"可怜的萨佩冬心里嘀咕着，"为什么我的主人偏偏是一个干坏事的天才，而且他现在还想征服世界？我真羡慕我的表弟萨尔德西奥，他的身上绑着铁链，他的工作是在一个温暖的船舱里划桨，他最坏的遭遇，也不过是挨顿鞭子。"这大冷天冻得仆人直打冷战，他一边跳一边默默向神明祈祷："噢，强大的宙斯，众神之父，请让这件事早些结束吧。如果宙斯太忙，没有时间听我这个可怜的仆人祈祷，那么，就请我们仆人的保护神倾听我的祈求吧！"接着，他又把这话重复了一遍，可刚说完，他就突然不见了，连人带行李，一起掉进了一道深深的裂缝。格劳孔看到这情景，脸上绽放出喜悦的光彩。

　　"哈哈！在这儿呢！我们找到深渊啦！这难道不是一个奇迹吗？"

　　其实，那并不是什么奇迹，而只是地面裂开的一道口子，又黑又深，让人觉得那下面就是地狱之门。一个微弱的声音幽幽地从底下传上来："我真为您感到高兴，主人。但是，我好像摔断了什么，您能不能来帮帮我呀？"

　　"什么？你是把脑袋摔没了，变得更蠢了吗？我可不下去。你如果需要帮助的话，就求求神明吧！"

　　"谢谢您，不过他们今晚可帮了我够多的了，我还是自己来吧！"

4

格劳孔不理会仆人的话，继续说："终于让我找到了！如果那个传说是真的，那么有了魔法指环，我就可以报复那个该死的苏格拉底了！"一道冷光闪过他的眼底。

格劳孔说的是哪个传说？

要回答这个问题，我们得离开阿卡迪亚，前往另一个城市，这个城市叫雅典，离阿卡迪亚很远，它是当时整个希腊最重要的城市，那里生活着许多伟大的艺术家、重要的将军和富有的商人。城里还住着一老一少两个人，年老的叫苏格拉底，年少的叫亚里斯多克勒斯，但大家都叫他"柏拉图"。

一老一少每天漫步在城市的街道，一起讨论问题。就在萨佩冬掉进深渊的几个星期之后，有一天，像平时一样，柏拉图一边走着，一边不停地问苏格拉底问题。

　　苏格拉底是一位很特别的老师，他有一套自己的教学方法：每当学生向他提问时，他就用另一个问题来回答，通过这种方式，让学生自己寻找答案。这种方法很有趣，但有时候柏拉图觉得，这样一步步推理有点儿浪费时间。而且，有一个疑惑困扰他很久了："老师，我怎么知道我找到的答案就是对的呢？"

　　"亲爱的柏拉图，方法多着呢。如果你想知道的话，我倒可以告诉你我最喜欢用的方法。你有没有听到过脑袋里的小声音呢？就是那个给你建议、给你启发的小声音？"

　　"当然了。"柏拉图脑袋里的小声音回答道。

　　"有的时候会听到，尤其是在跟您说话的时候。"柏拉图说。

　　"就是那个小声音，有人认为它是神明派来的，它会帮助我们明白一件事是对的还是错的。"

　　"哎呀，我从来没想过，我是这么重要！"那个小声音骄傲地说。

　　"那它说的总是对的吗？"柏拉图问。

　　"我们要学会倾听它、认识它。当它受到惊吓，或者当它只想到自己的利益，又或者当它太过自信的时候，也会给出错误的建议。"

　　"那就是说它也会犯错了？"

　　"有的时候会，但是我向你保证，当我们需要判断一件事是好还是坏的时候，这是最好的方法。有的时候，这个小声音还会提醒你将要发生不好的事情，这时你可就要小心了。比如说，我今天整个上午都有这种感觉。"苏格拉底说。

"我可不这么觉得。这回老师可大错特错了。"柏拉图脑袋里的小声音有点儿不满，尖刻地评论道。

"可是如果那个小声音知道什么是对的、什么是错的，那么我们为什么还需要学习呢？只要听它说，不就好了吗？"柏拉图问。

"因为最后要做出判断的人，是你自己，而不是那个小声音。我刚刚是不是跟你说了，那个小声音有时候会害怕、会犯错误？恐惧通常是因为无知，而你知道得越多，那个小声音就越不害怕。这就是知识的用处。"

"胡说八道！谎话连篇！"背后传来一个带鼻音的声音。

柏拉图和苏格拉底转过身，两个可疑的人出现在他们眼前。其中一个长得高高的，穿金戴银，披着长袍，上面画着奇异的符号，他的旁边站着一个仆人，又矮又瘦，穿得破破烂烂，浑身缠满了绷带。

两个人都患了重感冒，不停地吸鼻涕。这是柏拉图第一次见到他们，不过，在这之前，我们就已经遇到过他们了，他们就是格劳孔和萨佩冬。

"这两个人是从哪儿冒出来的？"那个小声音问。

"我的老师可说了，这得由你来告诉我。"柏拉图有点生气，但是很快他又好奇起来，开始问一连串的问题：他们是谁？他们想干什么？为什么跟着我们？

"冷静，冷静点儿，一次解决一个问题。"那个小声音不紧不慢地回答，它可不愿像刚才一样冒冒失失的。恢复平静之后，它又补充道："如果你去倾听这些问题，而不是来问我，没准你会得到你想要的答案。"

这一次，柏拉图觉得它说得有道理，于是试着按照它的建议去做。

"苏格拉底，你好。你每天就这样，游手好闲，到处溜达，给你的学生塞一麻袋的蠢话吗？

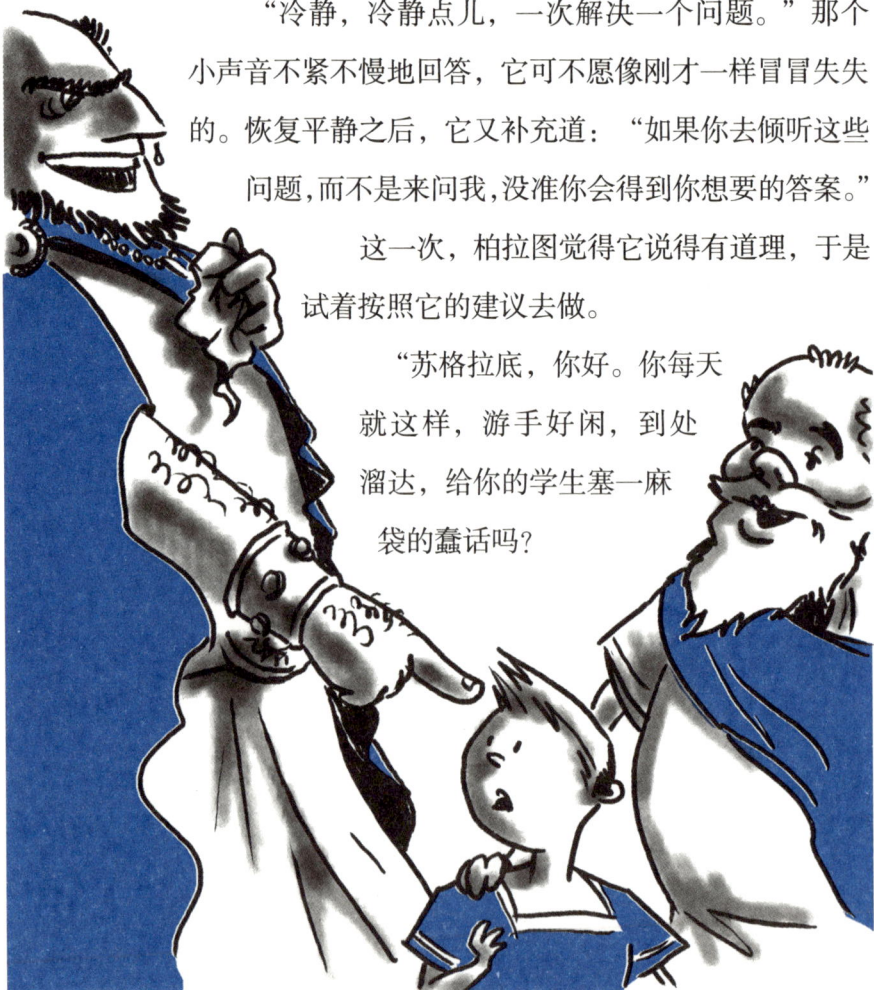

"在我看来，从我们上次见面到现在，什么都没改变。"那个长得高高的、衣着华丽的人擤了擤鼻涕，这样说道。

　　"你说得不错，格劳孔，什么也没变。你还是没有丢掉爱说蠢话、打断我讲课的坏习惯。"

　　"老师，您认识他吗？"柏拉图问。

　　"他当然认识我了，小鬼。我告诉你，我本来可以成为他最优秀的学生……"

　　"……那毛驴也会飞了！"苏格拉底接上格劳孔的话。

　　萨佩冬快要笑出来了，却被格劳孔狠狠瞪了一眼。

　　格劳孔又擤了擤鼻涕，说："你就继续取笑我吧，苏格拉底。我们走着瞧，看谁笑到最后，过不了多久，我就要你为你的出言不逊付出代价。"

　　说完，他又擤擤鼻涕。苏格拉底根本就没把他的威胁放在心上，平静地回答："我看，从你鼻孔出来的东西都比从你嘴里出来的要智慧点儿。对了，格劳孔，你这重感冒是怎么回事儿？"

　　"亲爱的苏格拉底，我可是经历了长途跋涉，终于找到了一件有魔法的宝物。"

　　"有魔法的宝物？嘿嘿，这就有趣了。"柏拉图的那个小声音说。

　　"老师，他说的是什么东西？"于是柏拉图也问。

　　苏格拉底还没开口，格劳孔就抢了话头："我说的是什么东西？我说的可是真正的知识！

9

"它能让时间停止！把破铜变成黄金！使人长生不老！读懂人的心思！它是你的老师自己藏着、不肯教给学生的能力！"

格劳孔说着，又停下来擤鼻涕。柏拉图想趁机问个究竟，但是还没开口呢，苏格拉底就回答他："我知道你想问我什么，答案是'不知道'。我不知道什么长生不老的秘诀，也不知道怎么把铜的变成金的。而且很遗憾，我连把格劳孔这种傻瓜变聪明的方法也不知道。"柏拉图听了，又张开嘴，但苏格拉底接着说："在你问我之前，我可以告诉你，我也不会读心术。至于你，格劳孔，如果你当初认真听我讲课的话，你就会明白，你刚才说的那些我都不感兴趣。对于我来说，能够懂得怎么做一个好人、如何分辨对错，我就很满足了。"

"真是浪费时间。如果足够强大，就可以决定对错，并且命令其他人接受。法律和规则是给胆小鬼和乡巴佬用的，我们聪明人用不着。"

"聪明人？我可不知道你说的聪明人是谁。就像你说的，我是一个只会浪费时间聊天的老头儿，我的这个学生虽然大有前途，但现在还只是个小孩儿。你呢，肯定谈不上聪明，这样一来，就只剩下你的同伴了。"

"说真的，可不是我自吹自擂……"萨佩冬十分得意，还想长篇大论一番，却被主人敲了一棒。

这时苏格拉底说："不过，亲爱的格劳孔，说实话，我还真想拥有一点儿超能力，比如让讨厌鬼消失的能力。"

格劳孔脸上闪过一丝狰狞的冷笑。

"噢，你不用操心，我很快就会消失的。我找到的宝物会让我比你更加强大，到时候，我让你永远都笑不出来！"

话刚说完，他一把抓住仆人长袍的边角，很快两个人就走远了。

柏拉图的小脑袋里，不停地冒出问题，这次见面太奇怪了，他感到心烦意乱。而苏格拉底却不把它放在心上，继续散步，好像什么事儿都没发生一样。

"老师，我们应该做点儿什么呢？"

"我们现在继续上课。之前讲到哪儿来着？"

"不，我是说，对格劳孔，我们应该怎么办呢？"

"我会向神明祈求，希望他们让格劳孔变得聪明点儿，但是我想，他们可能有更有趣的事情要做。"

"可是老师，他刚才威胁您了，他可能是个危险的人。"

"很不幸，你说的可能是对的。不过，如果真是这样，那么他对自己造成的危害，会比对别人的还要大。"

柏拉图惊呆了，老师居然一点儿都不担心。

"可是，格劳孔没准儿真的已经变成一个很厉害的巫师了。"

"就算他能够让时间停止，他也没有办法把对的变成错的，我没能教会他这个道理。"

"但是他可能会不把法律当回事，就像刚刚他自己说的那样。"

"在这点上，你们俩都错了。亲爱的柏拉图，那些会被违反的、人类的法律，并不是我所寻找的，我要找的是所有人，包括神明（就算他们不存在），都无法违抗的法，没有例外。或许我永远也无法找到，或许根本就没有人能够找到，但是在我看来，它们比任何权力都珍贵。"

"可所有的规则都有例外。"

"如果你说的这句话是对的，那么它本身也会有例外，也就是说，存在没有例外的规则，比如我找的那些。"

跟苏格拉底辩论是没有办法赢的，但是这回柏拉图不愿轻易放弃。他倒不怕格劳孔的威胁，但是不知怎么的，格劳孔的话实在令他感到不安。

“可是如果格劳孔变成神了，又有谁能阻止他干坏事呢？您说的那些法还派得上用场吗？”

“如果拥有至高无上的权力，却不知道怎么使用，那又怎样呢？而如果只知道用它来干坏事，害自己、害别人，那就更糟糕了。一切事物，不管是好的、坏的，不管是对的、错的，都可能被用来做好事，也可能被用来做坏事，除了……”

“除了什么？”

“善，就是所有好的事物的共同点。没有比善更珍贵的了，我想要认识它，我还想要知道如何才能找到它。”

柏拉图和那个小声音都被苏格拉底的话深深打动了，但他们还是不肯放弃，继续和老师辩论。

在他们看来，不管怎么说，拥有神那样大的权力，还不用遵守法律和规则，总不是件坏事。

"我同意您说的，不过，当个坏人没准更好玩呢。"

"柏拉图，我相信，一个好人必定也是个幸福的人。你想，一个人想要的东西，如果他都有了，那么他还会惦记着别人的吗？那样既浪费时间，又浪费精力。所以，身边幸福的人越多，给你的生活捣乱的坏人就越少。如果你做好事、帮助他人，让他们感到幸福，你自己的生活也会变得更简单、更幸福。而你变得更幸福了，你就能够当一个更好的人了。而这一切的前提，就是我跟你说过的，去认识事物，并且提出问题。"

"为了获得幸福？我不知道您说的跟幸福有什么关系。"

"如果你不去认识事物，你就不知道自己想要的是什么，那么你永远也得不到你想要的，永远也无法得到满足。因为不管给你多么好的东西，你都会觉得，那不是你想要的。"

这一次，柏拉图无话可说了，那个小声音也觉得苏格拉底说的是对的。不过，格劳孔的事还没解决呢。说不定，就在他们说话的时候，他已经变成一个可怕的巫师，为谋杀自己的老师而绞尽脑汁。柏拉图担心极了。

他又想到，格劳孔爱干坏事，应该是不幸福的，但这也没能让他好受一点儿。

"老师，我想我们应该去监视格劳孔，谁知道他在策划什么圈套来害您呢。"

"好吧，既然你这么坚持，我们就去看看，他家离这儿不远。现在天也快黑了，没准儿我们还能在他家吃顿晚餐呢。"

格劳孔家里忙得不可开交，准确点儿来说，应该是萨佩冬忙得不可开交，他正在花园里挖一个大坑，而格劳孔除了时不时地用棍子打他，别的什么也不干。

"主人，我们为什么要挖这些大坑呢？"

"因为这样苏格拉底一来，就会落入我们的圈套，我们就能抓住他啦。"

"难道没有更省力气的圈套吗？比如给他吃一颗有毒的肉丸子……"

"闭嘴，给我继续挖！"格劳孔说着，仿佛为了加重语气，又给了仆人响亮的一棍子。

"你这个仆人，可真会偷懒。"

"可是，主人，要是苏格拉底不来呢？或者，万一他跟所有人一样，先敲门呢？"

"笨蛋！你不知道，他就是条毒蛇！看起来笑眯眯的，实际上比大蟒蛇更毒呢。"

"主人，蟒蛇没有毒。"萨佩冬指出主人的错误，这可不是什么好主意，不用说，他又挨了顿打。

"既然你知道这么多，现在你挖一个深坑……"

"我已经在挖了，主人。"

"单腿跳着挖。"

萨佩冬暗暗叫苦，后悔自己怎么还没学会少说话。现在，单腿跳着可怎么挖坑呢！他还没想好办法，就听到花园里传来一个声音："我可以进来吗？"

格劳孔猛地一转身，发现苏格拉底和柏拉图就在他眼前。

"苏格拉底！你怎么进来的？"

"我从大门进来的。对了，你可不该让门开着，现在不怀好意的人这么多。"

"我也经常这么跟他说，可他……"主人又一棍把萨佩冬的话打断，他只好闭嘴。

"所以你是来看我的吗，苏格拉底？是什么风把你吹来了？难道是我的话把你吓到了吗？"

"还好还好，不过我的学生坚持要来，所以我决定满足他。"

"好吧，那你准备好迎接你的命运吧！当月亮升到高空的时候，你就完了！"

"那还早着呢，太阳才刚下山。格劳孔，等月亮的同时，你可不可以请你以前的老师和他的学生吃点儿东西呢？"苏格拉底问。

"临死前最后的晚餐吗？我可以满足你，免得别人说我格劳孔待客不周。萨佩冬，你去准备晚餐，做得丰盛点儿。"

"主人，不能现在就把他解决了吗？"萨佩冬想反抗主人的命令，他真不愿意为三个人做饭。

可是，又挨了一棍之后，萨佩冬只好闭了嘴，乖乖地向厨房走去。

柏拉图和苏格拉底跟着格劳孔进了屋，等着吃晚餐。格劳孔的家很大，黑漆漆的，到处摆满了各种神秘的物件，真的就像一个巫师的洞穴一样。柏拉图不安地东张西望，而苏格拉底却一点儿也不担心。

"好吧，是时候让你看看我找到的宝物了。你看！怕了吧？你就哭吧！苏格拉底！"三人刚坐下，格劳孔就迫不及待地说，又从长袍里掏出一枚镶有红宝石的指环。

"嗯……说不上漂亮，但也没有丑到让人哭的地步。"苏格拉底回答道。

"也许你还没懂。这可不是普通的指环，它是巨吉斯指环！"

就在这时，一道闪电划破天空，将房间瞬间照亮。格劳孔放肆地大笑起来，但是一阵咳嗽使他不得不停下来。柏拉图惊讶得张大了嘴。那个小声音喊道："快想想办法！"萨佩冬捧着装满美食的托盘，刚走进来就看呆了，杵在了原地。苏格拉底把目光移到了仆人手里的美味晚餐，这比神秘的指环更令他感兴趣。

"'巨吉斯指环'？那是什么？"柏拉图问，当他脑袋里有疑问的时候，总忍不住说出来。

"你想自己给你的学生解释一下吗？我曾经的好老师。"

"十分乐意，格劳孔。你介意我边吃边说吗？要是菜凉了多可惜！"苏格拉底盯着托盘里的晚餐说。

"尽管吃吧。"格劳孔同意了。

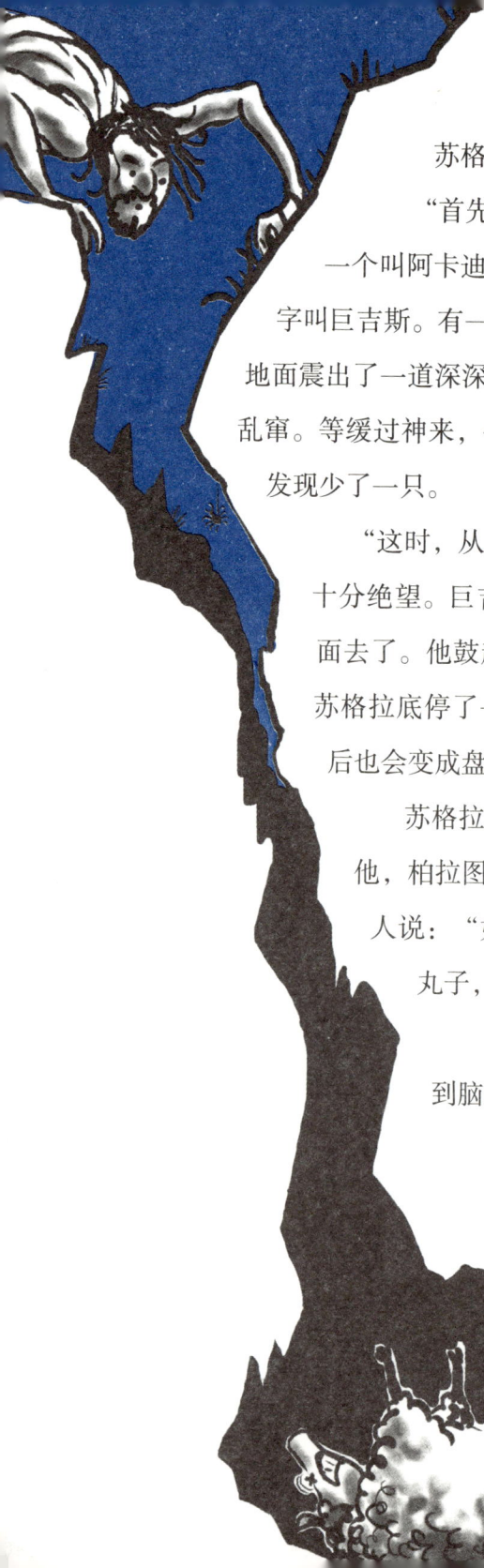

苏格拉底一边吃，一边讲起了指环的故事：

"首先你要知道，柏拉图，很久很久以前，在一个叫阿卡迪亚的地方，生活着一个牧羊人，他的名字叫巨吉斯。有一天，他出去放羊的时候，遇到了地震，地面震出了一道深深的裂缝。他害怕极了，羊群也吓得到处乱窜。等缓过神来，他马上把羊赶到一起，可是数来数去却发现少了一只。

"这时，从裂缝里传来一阵'咩咩咩'的羊叫声，十分绝望。巨吉斯知道，他的宝贝小羊是掉到裂缝里面去了。他鼓起勇气爬下去，终于找到了他的羊。"苏格拉底停了一下，看着面前的晚餐说，"这只羊最后也会变成盘中餐，就像我们吃的这盘炖肉丁。"

苏格拉底慢悠悠地吃着饭，格劳孔焦急地盯着他，柏拉图也因为好奇而睁大了眼睛。萨佩冬对主人说："如果一开始不挖那些坑，而是做一个毒丸子，现在他都死了六次了！"

仆人说完，又被打了一棍子。柏拉图受到脑袋里那个小声音的驱使，问苏格拉底："故事就已经说完了吗，老师？"

"还没呢，巨吉斯不止找到了他的小羊，还看到了一样让他吓得喘不过气的东西。

他发现，那深渊通

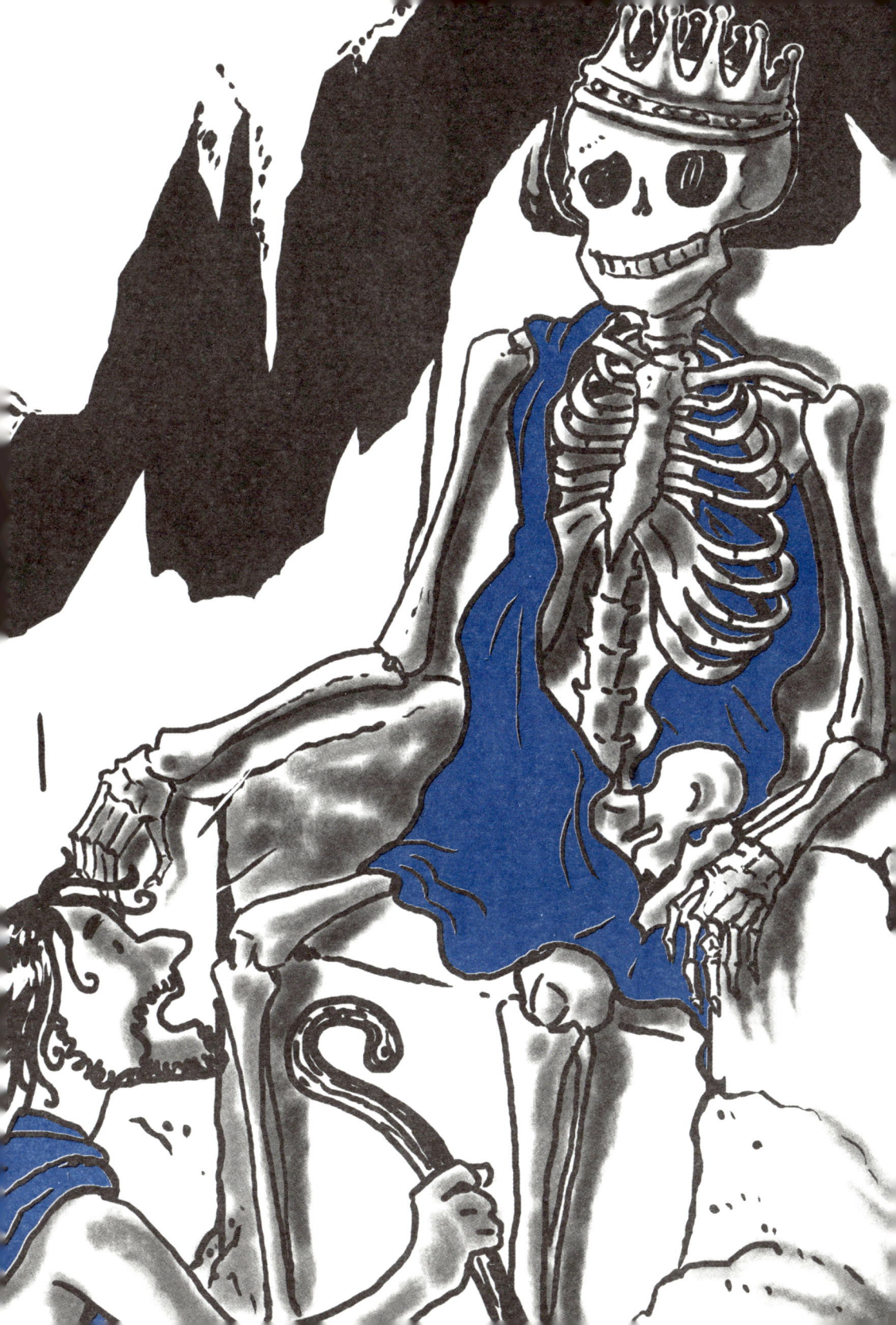

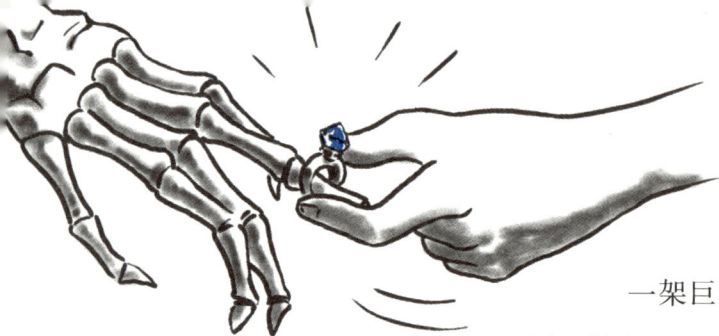

往一个地下墓穴，
他就是在那里看到了
一架巨大的骷髅。那骷髅套着
国王的衣服，还戴着王冠。巨吉斯想把
王冠拿下来，可是他拿不动，因为它实在太重了。就在这时，他发现骷髅两只手握着一枚指环，上面镶着红宝石。他鼓起勇气，终于把指环取了下来，那指环也是唯一能带出墓穴的东西。巨吉斯没多想，便把指环戴上，也没告诉任何人是从哪儿找到的。过了一段时间，什么事儿也没发生，巨吉斯还是继续当他的牧羊人。"

"后来呢？"柏拉图和那个小声音齐声问。

"后来，有一天，巨吉斯一边和几个牧羊人朋友聊天，一边漫不经心地摆弄他的指环。

"在某个时刻，他把指环转向了手心，这时朋友们突然吓得大叫。他不明白为什么朋友们这么害怕，没有人可以回答他的问题，他们都跑了，边跑边喊：'一个幽灵把巨吉斯劫走了！快跑！'刚开始巨吉斯还以为他们疯了，可是当他低头一看，他看不到的东西让他明白发生了什么事情。"

"他看不到的东西？什么意思呢？"柏拉图问。

"他看不到自己的双腿，不只是双腿，整个身体都不见了。他抬起手在脸前挥挥，可是依然什么都没看到。他又转了转指环，这时，他的身体又奇迹般地出现了。他又试了好几次，最后他终于明白，戴在他手上的，是一个可以让他隐身的魔法指环。抱歉，我们的故事先暂停一下，你这儿有什么喝的吗？"

萨佩冬挨了响亮的一棍子，马上从屋里出去，又抱着满满一坛葡萄酒进来。苏格拉底喝了一口，说："这酒很美味。格劳孔，你的酒真不错！好吧，我继续讲故事。巨吉斯决定，像上一次从墓穴出来一样，不告诉任何人关于指环的事。在那之后的好长一段时间里，他常常用隐身来跟朋友们开玩笑。但是慢慢地，他发现，隐身还可以让他做其他事情。就这样，他开始偷东西。噢，柏拉图，你不吃点什么吗？"

“我不饿，老师。”小男孩儿回答道，这会儿他关心的可不是吃的。

　　“真可惜，这些菜都美味极了……再回到我们的故事。很快，巨吉斯就通过偷盗，成了一个大富翁，但他还是不满足，他利用指环的魔法，潜入阿卡迪亚国王坎道列斯的宫殿。他相信没有人会发现他，于是在那里待了好几天，窥视国王和王后。

　　“他被王后的美貌吸引，决定追求她。一天夜里，巨吉斯偷偷溜进王后的房间，突然出现在她的面前，厚颜无耻地自称是众神的使者，他说，宙斯下了命令，要求他杀了国王，并夺取王位，如果王后不帮助他，那么他只好也把她杀死。”

　　“那王后怎么做的呢？”

"王后并不怎么爱国王，而且，她看巨吉斯是个英俊的小伙子，就决定帮他。于是，在王后的帮助下，巨吉斯用刀刺死了国王，没有人发现这件事。

很快，巨吉斯就娶了王后，成了阿卡迪亚的新国王。故事到这里就结束了，我说的没错吧，格劳孔？"

"哈哈，你错啦，苏格拉底！到这里故事才刚刚开始，因为我找到那枚指环啦！从现在开始，我可以做所有我想做的事情，这下我看你还有没有心思在背后嘲笑我……"

"我看你还有没有心思吃三人份的晚餐。"萨佩冬补充道。

格劳孔戴上指环，就在这时，又一道闪电划破天空，柏拉图害怕地看着他。

那个小声音大喊："糟了！"

格劳孔用夸张的动作把指环转向手心，然后……

然后，什么也没有发生。

当格劳孔还呆呆地盯着自己的手的时候，苏格拉底拿起餐巾的一角，擦了擦嘴，问道：

28

"格劳孔，你是不
是去阿卡迪亚找巨吉斯
指环了？"

"没错。"

"然后你发现地面
上有一道裂缝，但是那里
没有国王墓穴，没有高大
的骷髅架，也没有指环，
对吗？"

"嗯……"

"然后你在洞口遇到了一个
牧羊人……"

"是的……"

"那个牧羊人想把一个指环
卖给你，他说那是在里面找到的，
对吗？"

"好吧，你又说对了。"

"卖给你之后，他又跟你说，你
得在月圆的第一个晚上，而且在离他
很远的地方，才能戴上它？"

"该死！你怎么全都知道？"

"我都知道，因为这个故事已经骗了很多像你这样的笨蛋。我只希望骗你的那个牧羊人比你聪明，把钱用到更好的地方。不过，以我对你的了解，我相信这并不难。"

格劳孔浑身都僵住了，一句话也说不出来。苏格拉底站起来，鞠了个躬，说："这顿晚餐太丰盛了，格劳孔。不过现在天也晚了，我和我的学生要回家了。厨师的厨艺可真棒。"

"谢谢！"萨佩冬回答，"小心地上的坑！"

柏拉图和苏格拉底从格劳孔家里出来，一边走，一边还听见格劳孔打仆人的棍棒声。

走到街上了，苏格拉底对柏拉图说："现在轮到我问你一个问题。你认为，巨吉斯指环的故事告诉我们一个什么道理？"

"告诉我们权力会让人变坏？"柏拉图大胆地说。

"众神权力很大，但是他们并不坏。也许问题不在这里。"

"那问题出在哪里呢？"

"巨吉斯原本表现得好，是因为害怕别人对他不好的评价。可当他发现没有人看得到他、没有人评价他的时候，他就开始做他一直想做的坏事。但是像他这样，因为害怕而好好表现的，不是真正的好人，而只是懦夫。"

"但是，如果没有人评论你的行为，那么你做什么都可以，谁也拿你没办法。"

"也许吧。但是有一个人知道你所有的行为，你逃不掉他，他会永远跟你生活在一起。"

"是谁呢？"

"那个人就是你自己。你想想，如果跟一个骗子、一个小偷、一个杀手度过你的一生，你会开心吗？你可以选择你想要的答案。而我呢，我更想和一个老头儿度过我的生命，这老头儿每天思考什么是'善'，时不时地，还能让一个十足的笨蛋请他吃顿美味的晚餐。"

现在已经是晚上了，街上只有柏拉图和苏格拉底。小男孩儿沉默着往前走，想着老师说的话。过了一会儿，他脑袋里的问题也安静下来了，于是他开始回想刚才的故事。

"一个魔法指环，它能让人隐身，还能让人变坏。这故事写成书一定很有趣。书名可以叫'指环的主人'，或者'看不见的先生'，或者……"那个小声音这样说着。柏拉图暗下决心，早晚有一天，他要把这个故事写出来，

然后他问了老师最后一个问题：

"如果格劳孔真的找到了魔法指环呢？"

"那么他会变成一个能隐形的笨蛋。"苏格拉底回答道。

问答点滴……

柏拉图是谁?

柏拉图,苏格拉底所有学生当中最聪明、最有名的一个。在他的老师死于监狱后,柏拉图决定把老师讲课的内容记录下来,编辑成书。因为苏格拉底生前一直忙于教学,没有时间写作,所以他什么文字都没有留下来。我们今天读的这个故事和很多其他故事,都是因为柏拉图的记录才得以保存下来。柏拉图记录了苏格拉底和其他人的谈话内容,并在这些谈话中体现出了苏格拉底的思想。

苏格拉底是谁?

苏格拉底,一个真实存在的人,古代最重要的哲学家之一。他出生于公元前 469 年(一说公元前 470 年),也就相当于两千五百年前。他的爸爸是一个雕塑家,妈妈是位助产婆。他做过很多事情,还当过兵。据说他总是一动不动地思考问题,即使在很危险的地方。他的妻子叫赞西佩,他俩生了三个孩子。我们之所以记住苏格拉底,更因为他是一个伟大的老师。可惜的是,他的行为方式导致很多人把他当成敌人,以至于后来,他们把他送上了法庭。最后,他还被法庭判处了死刑。苏格拉底本来是可以逃走的,但是他宁可死也不愿意离开他钟爱的雅典城。

哲学家是什么?

这个问题有许多答案,从古希腊人的时代起,一直到今天,学者们都还没能达成一致意见。哲学家原本的字面意思是"智慧的朋友",指的是那些试图回答很难的问题的人。这些问题比如:"什么是正确的,什么是错误的""事物的本质是什么"以及"人死了之后会发生什么"等等。

最早的哲学家诞生在古希腊。如今,柏拉图的时代已经过去很久了,但哲学家提出的很多问题还是没有答案。也许,加上一点运气,你有可能会找到这些答案,谁又说得准呢?

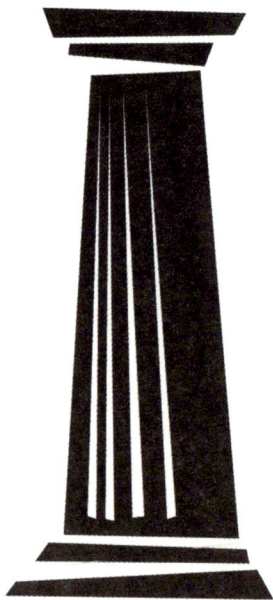

伦理学是什么?

在古希腊语里,它指"行为的科学",是哲学的一部分,负责分辨什么是对的、什么是错的,研究什么是"善",以及好的事物是什么样的,换句话说,也就是美德。其实,在西方哲学史上,第一位提出要重视伦理学的哲学家,正是苏格拉底,直到今天,许多哲学家都承认伦理问题在哲学中的重要性。研究伦理学的哲学家们可以分为两派:

第一派相信只有一种善，它对于所有人来说都是一样的；第二派认为不存在唯一的善，我认为是善的，可能在你看来是恶的。苏格拉底属于第一个派别，用今天的话来讲，他是一个"客观主义者"，因为他相信，对于所有人来说，善都是一样的，就像数学的定律，不会因为观点的不同而改变。而格劳孔属于第二个派别，是一个"主观主义者"，认为伦理的问题也就是个人的观点和好恶的问题：就像我喜欢开心果味的冰激凌，而你可能不喜欢；你喜欢黄色的鞋子，而我可能不喜欢。当然啦，不是所有第二派的哲学家都像故事里的格劳孔那么容易被骗，从苏格拉底生活的时代开始，两个派别都有很聪明的哲学家，他们对各自的论点作了高明的论证，直到今天，谁也没有占上风。

小声音是什么？

小声音，古希腊人称它为"精灵"，类似于人类的守护天使。当一个人遇到问题的时候它就会出现，提出建议，帮人解决问题。今天，有些人把它称作"本能"，还有些人把它称作"意识"。

苏格拉底和柏拉图认为它存在于每个人的脑海之中，如果我们认真听，就能够时不时听到它。这个理论受到很多哲学家的欢迎，他们不断重复这个理论，当然有时也会进行一些改动。如果现在你也能时不时听见这个声音，也许意味着你长大以后会成为一个哲学家，或者，是一个非常有智慧的医生……

苏格拉底的教学方法是什么？

苏格拉底有一种十分特别的教学方法，这种方法的名字很难听，叫"助产术"，但它的意思却很美好，就是帮助婴儿诞生的方法。这种方法的要点就是提问，让学生依靠小声音，自己找到答案，小声音在老师的鼓励下从不会出错，只需要花一点时间，学生就能独立找到所有答案。苏格拉底说，真理存在于我们每个人脑海的之中，就像婴儿在妈妈的肚子里一样，只要帮一点忙，就能生出来。

格劳孔是谁？

说实话，关于他我们知道的并不多，只知道在柏拉图的著作里，他就是讲述巨吉斯魔法指环故事的那个人，他认为如果一个人拥有神那样的权力，并且没有人能看得到他，他就可以当坏人，而不用受到任何惩罚。据说他很富有，但也有点儿讨人厌，尽管他很聪明，比我们在故事里面讲的要聪明多了。

除此之外，他还是特拉西

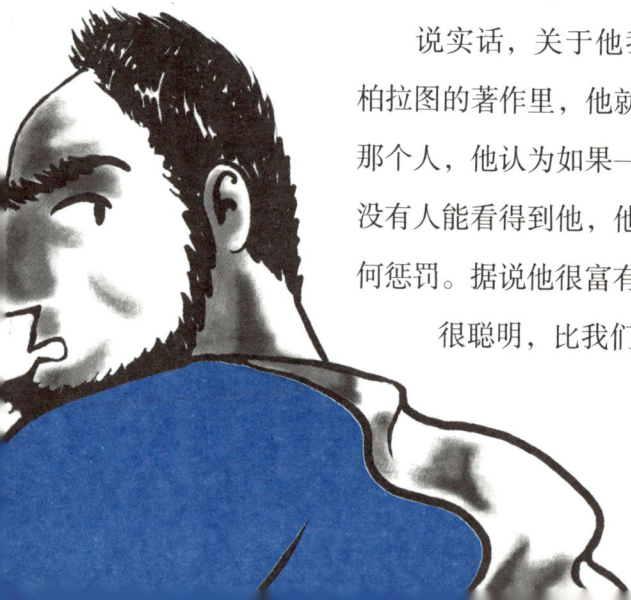

马库的朋友，我们在柏拉图的另一个故事里已经遇到过他了（如果你不知道是哪个故事的话，或许可以借此机会看看这个系列的其他书……）。

故事点评：

这个故事不完全是新的，而是来自柏拉图的著作《理想国》；事实上，它也不是柏拉图自己编的，而是诗人赫西俄德讲过的一个传说，他生活的时代比柏拉图还要早很多年。《理想国》不仅是柏拉图的代表作，还是整个文学史上最有名的作品之一，它启发了许多哲学家和艺术家，比如约翰·罗纳德·瑞尔·托尔金，他就很喜欢柏拉图，有人认为，他创作小说《魔戒》，就是从魔法指环的故事中获得的灵感；还有许多人，尽管并不从事创作，但是也因为柏拉图的这部作品而改变了一生。